YOU DESERVE TO BE LOVED.

특별한 _____ 에게

참 많이, 여러 번 해주고 싶었던 이야기들이 있습니다.
누군가 나에게 해줬으면 싶었던 이야기들도 있었습니다.
특별한 그대와 나누고픈 이야기,
그 누구보다 특별한 나 자신에게 몇 번은 되뇌었을 이야기.
그 이야기들, 그 마음들 여기 담아봅니다.
친절하게 속삭여주고픈 말, 이 책으로 대신합니다.
특별한 그대에게.

나와

_____ 마음이 닮은

_____ 그대에게

나와 마음이 닮은 그대에게

초판 1쇄 인쇄 2018년 4월 3일
초판 1쇄 발행 2018년 4월 13일

지은이 우나은
그린이 앨리킴

펴낸이 채규선
펴낸곳 세종미디어(등록번호 제2012-000134, 등록일자 2012.08.02)
주 소 경기도 고양시 덕양구 화정동 1141
전 화 070-4115-8860
팩 스 031-978-2692
이메일 sejongph8@daum.net

ISBN 978-89-94485-41-6 (03810)

* 잘못 만들어진 책은 구입처에서 교환 가능합니다.
* 세종미디어는 여러분의 아이디어와 양질의 원고를 설레는 마음으로 기다립니다.
  출간을 원하는 원고의 구체적인 기획안과 연락처를 기재해 보내주세요.

이 도서의 국립중앙도서관 출판예정도서목록(CIP)은 서지정보유통지원시스템 홈페이지
(http://seoji.go.kr)와 국가자료공동목록시스템(http://www.nl.go.kr/kolisnet)에서 이용하실 수
있습니다.(CIP제어번호: CIP2018009254)

나와 마음이 닮은 그대에게

우나은 감성 에세이

그림 • Aellie Kim

세종
MEDIA

일상의 틈새를 비집고 파고든 마음들에 대한 흔적을 여기에 담는다.

어른이 되어서도 다 자라지 못한 마음 덕분에 느껴야 했던 여러 가지 기대하지 않았던 감정들, 스무 살이 되고 나서야 비로소 맞이해 버린 나의 '질풍노도'는 그때그때 간단히 적어두었던 지나온 메모들에 고스란히 담겨 있었다. 비로소 이십대를 꽉 채우고 넘어온 인생의 또 다른 고갯길을 걸어가고 있는 지금 다시 이렇게 고개를 돌려보니 '토닥토닥' 잘 이겨냈다고, 잘 견뎌냈다고, 찬란하지만 정돈되지 않았던 이십대의 그 나에게 기댈 어깨를 내어주고만 싶어진 마음이 되어 버렸다고 할까.

그 작은 바람을 여기 이렇게 담아 보기로 하였다. 그것이 내가, 나의 이 민낯 같은 책을 세상에 드러내고 싶은 이유이다.

청춘을 살아가고 있는 그대에게, 청춘을 지나왔다고 느끼는 그대에게, 그럼에도 불구하고 아직 나에게 청춘은 오지 않은 것만 같다고 느끼고 있는 그대에게, 나날들에 담겨진 소담한 행복을 꿈꾸는 그대에게 이 책을 권한다.

두서없는 마음을 고스란히 담은 이 책을 읽는 동안만큼은 갈팡질팡하는 그대의 마음이 나만 그런 것이 아니라며 조금은 위안받을 수 있기를, 나 또한 이 책을 읽을 그대를 떠올리며 위안할 수 있게 되기를.

나와 마음이 닮은 그대에게.

목
차

프롤로그 6

part 1.
어른아이의 메모,
아직도 다 자라지 못한 마음

이제 15 · 마음 여미기 16 · 촛불 18 · 파랑새 증후군 19 · 빗물 20 · 청소 21 · 감기 22 · 슬픔을 다루는 방법 23 · 나는 애벌레 24 · 현실, 환상 26 · 방황 27 · 감정소모 28 · 가십 29 · 질풍노도 30 · 노력 32 · 관성의 법칙 33 · 후에, 후회 34 · 고슴도치 35 · 날 날 36 · 메뉴판 37 · 불면증 38 · 특별한 나의 삶 39 · 어둠 40 · 가르마 41 · 만약 42 · 찬란한 오늘 43 · Frustration 44 · 나비효과 45 · 숨고르기 46 · Youth 47 · 최소한 48 · 고인 물 49 · 벙어리 50 · 마음 날씨 51 · 빙글뱅글 52 · 동굴 53 · 방어 54 · 헐겁지 않은 인생을 위해 55 · 훌륭한 사람, 좋은 사람 56 · 제발 58 · 다른 사람 59 · 고작 나, 고장 나 60 · 혼잣말 61

part 2.
이별 한숨,
사랑 한 줌

짝사랑 65 · 소원 66 · 안달 67 · 미련한 사람 68 · 편식 70 · 평등 71 · 척 72 · 치사하게 73 · 이별 74 · 예감 75 · 이제 와서 76 · 너조차 77 · 온통 78 · 이별 후 80 · 첫 데이트 81 · 풍선 82 · 헤어진 지금까지도 83 · 함께 걷던 길 84 · 닿아 86 · 미로 속 87 · 최선 88 · 꿈 90 · 미련 91 · 다 그런 거야 92 · 왜 94 · 이별 후에 함께 하는 법 95 · 냉장고 96 · 어른 98 · 변덕 99 · 헤어지니까 100 · 잔상 101 · 눈물 102 · 나침반 103 · 우리 사이 104 · 다시 105 · 마음 정리 106 · 솜사탕 107 · 알고 있었으면서도 108 · 사랑은 타이밍 109 · 경계 110 · 양면 111 · 일기 112 · 반짝반짝 113 · 평강공주와 신데렐라 114 · 후회 116 · 산들바람 117 · 꿈 118 · 유난히 119 · 그냥 120 · 철들기 없기 121 · 인정 122 · 화분 123 · 내 안의 너 124 · 기적 125 · 희한해 126 · 사랑, 첫 127 · 왠지 128 · 안 보이니, 내 맘 130 · 거리감 132 · 새 계절 133

part 3.
그럼에도 불구하고, 늘

가을 137 · 만두 빚기 138 · 꽃보다 울 엄마 140 · 사진 141 · 꽃단장 142 · 사진 144 · 김치 146 · 아빠 148 · 똥강아지 150 · 잠이 든 아가 옆에서 152 · 작은 거인 154 · 아빠의 문자 156 · 바가지 158 · 팔불출 159 · 아빠가 미안해 160 · 오만과 편견 162 · 화들짝 164 · 아가의 낮잠 165 · 어른아이 166 · 마음이 다치면 168 · 건강이 최고야 170 · 내 아이에게 171 · 사나운 엄마 172 · 삼촌과의 통화 173 · 사회초년생 174 · 등교시간 175 · 늙음이 슬픈 176 · Lovehate 178 · 꿀밤 179 · 아빠의 소원 180 · 내리사랑 181 · 실수투성이 182 · 기울어진 나날들 184 · 애정표현 186 · 어른과 아이 187 · 손가락 188 · 아가야 189 · 사랑니 190 · 엄마 얼굴 191

part 4.
나날들에 비친 마음 조각

낮, 하늘 195 · 낡아도 196 · 여행의 시작 197 · 세상 198 · 이정표 199 · 포춘 쿠키를 열어보기 전 200 · 이사 201 · 모퉁이 202 · 아침 시간 203 · 아이스크림 204 · 어른 205 · 유통기한 206 · 반짝 207 · 첫눈 208 · 살다 보면 209 · 여유 210 · 포장 211 · 핫초코 212 · 잊지 마 213 · 어느새 214 · 친구 215 · 늦잠 216 · 글 217 · 메모 218 · 가끔은 219 · 푸석푸석 220 · 좋은 사람이 되는 연습 221 · 한 땀 한 땀 222 · 크리스마스 소원 223 · 성장통 224 · 낙엽 길 226 · 둥지 227 · Nostalgic 228 · 첫눈 230 · 계절 타기 231 · 봄 232 · 꽃 233 · 흔들의자 234 · 나를 사랑해 주는 시간 236 · 생일날 238 · 빈티지 239 · 다짐 240 · 졸업 241 · 초록색 지붕집의 앤처럼 242 · '너'답다는 말 244 · 무지개 246 · 이유 247 · 리듬 248 · 아기돼지 삼 형제 250 · 알록달록 252 · 동심 253 · 장례식(이별) 254 · 가끔 255 · 오므렸다 폈다 256 · 야밤 257 · 변신 258 · 시들지 않는 마음 259 · 또다시 다짐 260

에필로그 262

청춘의 메모,

스무 살, '어른'이라고 말할 수 있게 된 그즈음부터

본격적으로 시작된 마음 앓이,

비로소 알게 된 진짜 성장통,

그 뒤죽박죽인 순간들에 관한 기록,

그리고 나이가 더욱 차고 돌이켜 다시 들춰보아도

묘하게 공감이 가는 철없는 민낯.

part 1

어른아이의 메모,
아직도 다 자라지 못한 마음

이제

●

이제 그만
이제 정말
이제 다시
이제부터!

마음 여미기

●

아직 다 자라지 못한 마음

단단하게 여물었다 싶다가도
어느 순간 맥없이 터져 버리는 마음에
그때마다 허둥지둥 허우적대는
내 안의 나를 발견하곤 한다.

어른이 된다는 건 어떤 걸까.
마음이 자란다는 것은 어떤 느낌인지.

마음이 자라야 어른이 된다고 한다면
나는 언제쯤 어른이 될 수 있을까.
마음이 다 자란 사람이 어른이라고 한다면
나의 흐느적거리는 마음은
대체 언제쯤 단단해져 나를 다자란 몸에 걸맞은 모습으로
자라줄 수 있을는지.

엄마는 내게
너도 이제 어른이니까 너가 알아서 해.
나는 엄마에게
나도 이제 어른이니까 내가 알아서 해.
이제와 생각해 보니 우리는 서로 같은 말을 되뇌고 있었다.

그땐 계속되는 엄마의 잔소리가 그렇게도 번거로웠는데,
돌이켜보니 엄마는 내 안에서 아직 덜 자라 있던
여며지지 않은 마음까지 보고 계셨던 건 아닐까.
엄마의 성난 그 목소리가 문득 그리워지는 어느 오후에
나는 또 이렇게 마음을 여며본다.

잘은 안 되지만 그래도 마음을 여민다.

나는 어른이니까.

촛불

스며들듯 숨죽여 겨울이 와버린 것처럼
아무도 모르게 꺼져 갈까 봐 두렵다.
차갑게 식어가는 것일까,
아니면 데우기 직전의 미지근함일까.
답을 알 수 없는 이 시간 속에서도 나는 이미
희미해져 간다.

내가 희미해져 간다.
나답지 않게.

파랑새 증후군

때로는
자유로운 상상만이 나의
유일한 비상구, 길고 어두운 터널의 끝, 빛의 한자락.

내 안에 갇혀 있는 나를 밟고 일어서서
이제 그만.

머릿속에서만 살고 있는 나에게서
벗어나고 싶다.

빗물

•

내리는 비에
내 마음까지 젖어 버린 오후

흘러내리는 빗물에
함께 떠내려갔음 좋았을 것들이 오히려
마음바다 수면 위로 동동 떠올라 버려
구름 낀 하늘에 비친 내가 새삼 낯설게 느껴진다.

그저 오늘은
차분히 가라앉아 보아야지.

그저
오늘만큼은.

청소

·

간단하게
단순하게
깨끗하게

머릿속을 비우고 마음속도 털어내 버리기
쓱싹쓱싹

먼지 쌓인 마음의 딱
한편만을 남겨두고 모조리

뽀각뽀각
닦아내어 버려야지.

감기

앓고 있다.
여기가 나아지자 또 다른 여기가 말썽이다.
자꾸자꾸 아프니까 마음마저 지친다.
그만 좀 아프자.
내 몸아!

다시 우리
사이좋게 지내자.
아픈 거 싫다, 정말.

몸도 마음도
조금 더
어른이 되라고 이렇게 아픈 걸까.

슬픔을 다루는 방법

나도 이제는 제법 어른이라서 잘 참아내고 있다. 흐트러진 마음을 다시 쓸어 담아낼 줄을 나는 이미 안다. 이제는 제법 어른이기에 덤덤한 듯 다시 일어설 수 있다.

아프지 않은 것은 아니지만 아프지 않을 수 있다고 스스로를 다독일 줄 아는 그런 여물어 버린 외로움 같은 것이 생겼다고 해야 하나. 슬픔을 다룰 줄 알게 된다는 건 어쩌면 누구에게 털어놓아도 털어지지 않는 그런 외로움에 익숙해진다는 건 아닐는지.

슬픔, 나는 이제는 제법 잘 다루고 있다고, 뿌듯한 숨을 들이마시며 외로운 깊은 숨을 내쉬는 것.

아직도 조금은 어려운 것 같다, 슬픔과 마주하는 일.

나는 애벌레

나는 (I, Fly) 애벌레.

지렁이는 밟으면 꿈틀.
그대가 지렁이인 줄 알고 밟은 나는 애벌레.
그대가 밟으면 나는 그런 그대 머리 위를 날아올라

내 안에 나비가 있음을 그대는 모르지.
그대뿐만이 아니야,
그 아무도 내 안에 숨겨둔 나비를 보지 못해
그래, 지금은 나는 애벌레
그대가 눈길 한 번 주지 않는 그저 그런 애벌레
하지만 나는 날아,
날아올라 그대 머리 위를 사뿐히 지나칠 테야.

나를 올려다볼 그대는 그제야 깨닫겠지.
그대가 내려다본 내가 사실은
날개를 접고 앉은 나비였음을.

나는 애벌레

나는 나비

이제는 그대가 잡으려야 잡을 수 없는,

나는(I) 나는(Fly) 애벌레.

후아, 글쎄

적어도 나만큼은

믿고 싶어, 믿을래.

내 안에 살아 숨 쉬는 나비의 날갯짓.

현실, 환상

고질적인 문제들은 해결되지 않고 이따금씩 고개를 내밀곤 한다. 그 때문에 불쑥불쑥 가슴이 답답하고 속이 껄끄럽다. 피하려고, 잊으려고 하면 안 되는 걸 알면서도. 현실은 왜곡된 진실을 나타내는 거라 믿으면서 그렇게 내 머릿속 상상대로 세상을 측정하려 든다.

환상 같은 세상, 현실 같은 환상. 아직도 나는 꿈을 꾸는 것일까?

마음을 다잡고 현실을 똑바로 직시하려고 할 때마다 부딪치는 건 내 기대와는 다른 현실에 대한 실망이 아니라 내 기대를 현실로 만들지 못하는 나에 대한 실망.

그것은 커다란 아이러니다.

방황

It's not easy.

당연한 건가.

쉬운 것은 하나도 없다.

생각이 깊어지는 밤이다.

냉정과 열정 사이가 갑자기 멀다.

다소 이기적이더라도 현명해질 것인가,

바보스러울지언정 가슴은 뜨거운 채로 둘 것인가.

감정소모

●

지난 밤 꿈에
잘 없는데,
참 좋아하지 않는 사람이 나왔다.

괜히
아침이 잔망스러웠지, 덕분에

가만 보면
누굴 좋아하는 것보다
누굴 싫어하는 편이
더 큰 것 같다, 감정소모.

야,
꿈에서라도 우리
다시 보지 말자.

가십

•

보이는 것이 전부는 아니다. 보이지 않는 것까지 알아줄 필요는 없지만 가끔은 보이는 것이 전부인 양 받아들일까 두렵기도 하다. 모자란 사람이다. 부족하지만 행복한 사람이다. 여러 가지로 얼룩진 옷감에서 때 묻지 않은 한 부분을 찾으려 애쓰고 그 작은 한 부분에서 감사함과 행복을 느낀다. 얼룩진 부분이 있다는 걸 모른 척 회피하는 것이 아니라 알지만 굳이 들추어내지 않고, 알기에 때 묻지 않은 한 부분의 소중함을 안다.

그런 것이다. 그런 것뿐이다. 내가 살아가는 방식은 단순한 비연속의 연속인 탓에 나는 단지 항상 감사하고 행복하다고 느끼려 할 뿐이다. 보이지 않는 것까지 알아주진 못하더라도 보이는 것으로만 판단해 버리진 말기를.

내가 두려워하는 것을 상대에게 들이대지 않는 하나의 잣대를 가진 사람이 되기를. 바람이 차다.

질풍노도

●

살아가는 동안 심장은 일정하게 뛰는데, 왜 인생은 일정하게 뛰지 않는 걸까?

심장이 멈추는 것이 죽음이라지만 인생을 멈춘다는 건 어떤 의미일까.

옳은 길이 아니라 행복한 길을 찾아 떠나는 여행. 그 여행길의 나는 3분의 1 정도를 온 건가.

서점에 있는 사회적 성공을 한 사람들의 다양한 자기고백, 자기위안, 자기중심적 에세이들과 자극적인 제목의 책들에 손이 가는 내 마음의 저면에 깔린 심리는 무엇일까.

당당함을 내세운 오만과 겸손한 듯 보이려는 자기위선 속에 애써 쌓아둔 자기관은 무너지고 하릴없이 무뎌진 칼은 도마 위에 얹힌 채 제구실을 하지 못한다. 인생에 대해서 대체 누가 얼마나 더 잘 안다고.

단 한 번이라도 자기 자신의 인생을 사랑하듯 다른 사람의 인생을 사랑하려 노력한 적이 있던가. 집에서 키우는 애견 한 마리엔 온갖 애정을 쏟으면서 내가 아닌 타인의 인생들에 대해서는 어쩜 그리도 냉정하게 함부로 비판하며 생각 없이 조잘거릴 준비가 되어 있는 건지.

가슴이 살아 있는 동안은 나아가는 그 길 위에 행복을 흩뿌
릴 수 있도록, 무엇 하나 뚜렷한 것 없는 인생길에서 나름의
파스텔톤 자연스런 색감을 채색하며 나만의 인생길을 그려
가고 싶다.

노력

지금 이 순간이
먼 훗날의 내게는 다시 돌아가고 싶은
바로 그 순간이 될 수 있도록.
아름다운 추억이자 손을 뻗으면 닿을 것만 같은
생생한 기억이 될 수 있도록.

더 간절하게
더 신나게
더 충실하게
즐기자, 노력하자, 그리고
반드시
이루자.

관성의 법칙

●

한없이 나 자신을 가여워하다가 문득
'뭐하고 있는 거야, 지금.'
'왜 이러고 있는 거야, 지금.'

거울 속에 비친 내 모습을 뚫어져라 보다가 문득
가여워하는 것
이제 그만하련다.

이게 결국 더욱 나를 지치게 한다는 걸
지금까지의 경험을 통해 잘 알면서도
요즘은 나 자신이 가여워 견딜 수가 없었다.
그러다 보니 어느새
허물어진 내가
돌보지 않고 있던 나를 발견한다.

나 스스로가 인정할 수 있는 그 모습까지.
내가 나를 완벽하게 칭찬할 수 있도록.

노력하자.

후에, 후회

•

남기고 온 것들에 대한 미련.

아쉬움으로 남을 부질없는 추억 되새김질.

정성을 다하지 못한 것에 대한 아쉬움.

머리와 가슴이 각기 다른 것들로 얼룩져 마구 뒤엉켜 버린
다. 괜한 먹먹함과 쓸쓸함이 쓸데없어 빈털터리가 되어 버린
마음속에 자리 잡아 버린 건지. 마음결을 조금만 스쳐도 쓰
라린 칼날이 되어 터트릴 것만 같은 마음이다. 가까스로 묶
어둔 마음이 아차 하는 순간 한없이 새어 나올까 겁이 난다.
잊히고 싶지 않다. 잊고 싶지 않다.

그런데 시간들이 모래알처럼 고르게 파도에 씻겨 내려가듯
흘러가고 있다. 마치 엎혀진 삶 위에 내 발자국 하나 남기지
않으려 애쓰며 살아가고 있는 기분이랄까. 솜털 같은 마음이
뜨거운 물을 가득 머금고는 세게 옹다물고 있다.
인생의 마지막 순간들을 살아가고 있는 '지금', 나는 왜 나다
워지지 못하는 걸까.
좀처럼 옹골차게 여미어지지 않는 나는 내가 낯설다.

고슴도치

요즘 내가 왜 이러지?

온몸에 가시를 바짝 세운 고슴도치처럼 말야.

날 날

●

다시 태어나도
'나'이고 싶은
그런 인생일 수 있도록 나답게 살아,

언제나
선명한 '나'를 맞이하는 나날들이기를.

메뉴판

•

조그마한 메뉴판에서조차 선택해야 할 거리들은 끊이지 않는다. 그러니 우리들의 마음이 늘 바쁜 건가 싶기도.

아무리 인생이 선택의 연속이라지만 때로는 누군가가 대신 해줬으면 좋겠기도 싶다고 해야 하나. '결정장애'란 말에는 어쩌면 나 대신 올바른 결정을 내려줄 누군가가 있음 좀 더 인생이 편해지지 않을까 하는 그런 마음이 담겨 있는 건지도 모르겠다.

그러나 그 편이 편할지언정 결국 내 인생인걸.
선택의 결과는 고스란히 내 몫인 거다.

불면증

시간들 속 그 어느 작은 행복도 놓치고 싶지 않아
그나마 있는 산만한 집중력으로
삶이 흘러가는 모자이크 같은 이 시간들에 집중해 본다.

보석 같은 일상들,
평범하기에 빛나는 오늘.

특별한 나의 삶

.

난 에쿠니 가오리가 좋다.

그녀가 소설 속 등장인물의 일상을 묘사하는 걸 볼 때마다

짜릿한 전율을 느끼는 건

일상의 소중함을 그녀 또한 알고 있는 것만 같은

동질감에서 오는 걸까.

행복이 눈물겹다.

불행은 잊을 만하면 찾아온다.

불안함으로 그것을 덮는다.

화를 내는 것은 쓸데없는 감정소모.

행복은 언제든지 대환영이지만,

불행함을 느끼는 것 따위는 귀찮다.

더군다나 그저 이렇게

음악이 깊은 밤에는 잠이 오질 않는다.

어둠

•

밤하늘에 별이 하나도 없는 것처럼
꽃들에 향기가 하나도 없는 것처럼
아주 가끔은.

가르마

크고 작은 선택들로 이루어지는 삶이라고 생각한다. 내가 어쩔 수 없는, 태어날 때부터 선택된 조건들을 제외한 모든 대단하고 사소한 것들이 결국은 '선택'이 아닐까. 나는 또다시 오랜만에 그 길 위에 서 있다. 옳고 그름이 기준이 되지 않는 선택의 길에서 나는 흡사 뼈마디가 사라져 버린 것만 같은 기분이 되고 만다. 흐물거리는 마음이 언제쯤 한길로 단단해질 수 있을는지. 사실 그 '언제'도 결국은 나의 선택이고 결정이다.

이 가르맛길에서 내가 선택하게 될 그 편이 결국 가장 예쁜 모습으로 이끌어 줄 수 있기를 바라면서. 나와 당신의 모든 선택들을 응원하는 마음으로.

만약

•

빌자마자 이루어지는 소원이 있다면 나는 무엇을 빌려나? 누
군가가 세 가지 소원을 말해보라고 한다면. 만약 그렇다고 한
다면……. 만약이라는 말. 이럴 때 참 좋다.

상상의 여지를 남길 수 있을 때, 터무니없는 것들을 진지하
게 생각해 볼 수 있을 때, 분별없는 사람으로서 순간을 보낼
수 있을 때.

만약…….

찬란한 오늘

찬란한 미래를 위한 오늘이 아니다. 찬란한 오늘을 살아 그 것을 미래로 이어가기 위한 오늘. 오늘의 삶에 조금 더 자신 감을 가질 필요가 있다.

나는 오늘도, 미래에도 당당하게 살면 그만이다. 내가 내 삶을 소중하게 여기고 아낄 때 다른 이들도 내 삶을 소중하게 보아주는 것이다. 찬란한 오늘을 사는 나는 행복하다. 그러나 찬란한 미래를 위해 오늘을 희생하는 삶은 불행하다.

오늘 하루를 행복하게 시작하고 마무리하는 것. 하루하루를 행복으로 가꾸는 삶. 나는 아직 어릴지 몰라도 내 하루하루를, 내 삶을 행복으로 가꿀 정도의 능력은 가지고 있다. 찬란한 어제를 위해 어제를 살았다. 찬란한 오늘을 위해 오늘을 산다. 그리고 이렇게 이루어 간다. 나를.

Frustration

마음이 거덜 나고 있다.

나는 주의 깊게 솔직해지고 있는 건지.

한 번쯤은 해 봄직한 상상,

한 번쯤은 가져볼 만한 행복.

그러나 주의를 기울이지 않으면 왈칵 쏟아져 버릴 것만 같은.

대단한 착각 속에 빠져 살고 있는 소녀여

그만 망상에서 깨어나 현실을 직시하라.

손안에 든 모래들처럼 손가락 틈새로

조금씩 빠져나가 버리는 풀죽은 이기주의여!

그만 현실에서 벗어나 환상을 만끽하라.

내 마음이

거덜 나고 있다, 지금.

나비효과

감았던 눈을 뜨고 조금 더 크게 세상을 보려는 중.
지금 이 순간의 작은 나의 날갯짓이
내 인생 속 커다란 전환점이 되어줄 것이라 믿으며.

요즘 나는
걸음마를 배우는 아기처럼 그렇게
새롭고 들뜬 기분이다.

숨고르기

나는 지금

잡을 수 없는 꿈을 꾸는 것이 아니라

나의 현실로 그 꿈을 끌어오는 과정 속에 있다는 것.

하고 싶은 것도 많고, 해야 할 것도 많은 지금의 내가

결코 숨 가빠지지 않는 이유.

Youth

●

모두들
부딪치고 넘어져도 괜찮은 나이라 했다.
실패가 당연하고, 실패가 낭만이 될 수 있는 그런 시기라 했다.
그런 시기가 내게 어느새 와 있었고,
이 시간은 내가 그토록 원하고 원해오던 것.

나아가기로.
실패해 보기로.
겁 많고 소심한, 내가 아는 나를 버리기로.
앞으로 하게 될 수많은 실패들을 기대해 보기로.
그리고 그들을 통해 우물 밖으로 나가 있을
나를 기대해 주기로 했다.

내가 나를 기대하기.

어른이 되기로 마음먹었다,
나는.

최소한

남은 나의 인생길에서
그 남은 어느 순간에 돌이켜봤을 때,
다시 되돌리고 싶어지게 살고 싶진 않다는.
계획대로 살아지지 않는 것이 인생인 것은 알지만
그래도
내가 원하는 방향으로
내 인생을 내가 이끌어가면서
살아가 보려는 노력은
해야 하지 않겠나 싶은 거지.

고인 물

•

고인 물은 썩어.
그러니까
고인 물이 아닌 곳으로 가서
마음껏 발을 담가봐.

그리고
절대로
너 자신이 고인 물이 되도록
내버려두지 마,

나야.

벙어리

두려움 없는 변화는 없지만
변화 없이는 두려움 깨는 법을 배우지 못하니까.
날개를 가졌으면서도
날지 못하는 새가 되지는 않으려고.
스스로가 품은 원석을 스스로가 알아주지 않으며 사는 그런
벙어리는 되지 않으려고.

오랜만에
탄력받기.

마음 날씨

●

비온 뒤 맑은 하늘처럼
오늘 내 마음도 맑음.
아니 사실은
담아둔 것이 없기에 오는 투명함.

이런저런 잡다한 생각들 다 집어치우고
오롯이 나에게 집중하기

이 내가 바로 서지 않으면,
이 내가 내 인생을 소중히 여겨주지 않으면,

나는 나만이 낼 수 있는 빛을 잃어버려
그대로 침전하게 될 것이므로.

빙글뱅글

●

오늘
세상은 빙글빙글 돌았고, 내마음은 뱅글뱅글 어지러웠다.
마음이 어지럼증을 호소하고 머리가 울렁증을 토로한다.
언제까지 지속될까.

끝을 알 수 없는 미궁 속으로 빠져들기 전에
아예 마음을 닫아 버릴까 아님
열어놓은 채로 더 깊이깊이 들어가 볼까.

빙글뱅글 뱅글빙글 휴.

동굴

•

죽은 듯이
굳게 잠겨 버린 자물쇠의 키를
누군가 그 손에 쥐고 있다면

언제든지 내게 와
경쾌하게, '탁'
열어줬으면 좋겠다고

그렇다면 나도
느낄 수 있을 텐데
내 가슴의 길고 긴 겨울이 비로소
끝났음을

아직은 그러나
겨울바람이 매우 차다.

방어

독한 척하는 것은 약한 모습 내보이는 것보다 쉽고,
쿨한 척하는 것은 눈물을 보이는 것보단 차라리 홀가분하고,
아무렇지 않은 척하는 것은 그 어떤 것보다 어렵지만
차라리 내가 가진 유일한 무기이자
무딘 자존심을 하릴없이 지키는 일이다.
아무것도 지키고 싶은 것도 없으면서

방어 태세만 갖춘 채로 지쳐간다.

헐겁지 않은 인생을 위해

슬픔에 가려 즐거움이 보이지 않았다. 즐거움이 슬픔 위로 드리워져 감정은 단순해지고 눈과 귀는 점점 멀어만 간다.

돌아서 등지고 있는 게 나인 건지 나를 두고 세상이 등을 보이고 있는 건지.

현실은 복잡하게 단순하다.
감정의 경계는 물 풍선처럼 터져 뭉그러지기 쉬운 것이지만 어쩌다 마주한 바늘을 손에 쥐고 힘을 가하지 않는 것 또한 주어진 몫임을 알기에 느슨하게 동여맨 마음을 풀어 헐겁지 않은 인생을 살아갈 거다. 오늘도 난.

훌륭한 사람, 좋은 사람

•

아무리 발버둥쳐 보아도 벗어날 수 없는 것도 있다.

마찬가지로 벗어나고 싶지 않아도 벗어나야 하는 것도 있다.

알아주길 바라지만 알아주길 기대하진 않는다.

이해하길 바라지만 무모해질 수 없음이 증오스럽다.

'글'이라는 매개체로 내 마음을 모두 다 넣어서

표현할 수 없음이

다행스럽기도 하고 안타깝기도 하며

다소 허무하게 느껴진다.

내 심장이 아스팔트길에 갈리는 기분이다.

지금은…… 그렇다.

진심은 보이지 않는 곳에 꽁꽁 숨겨두고

가슴은 구겨지고 있다.

나는 충분히 행복해야 하는데도,

바다와도 같은 이런 밑도 끝도 없는 감정의 샘에 빠져

오늘도 허우적거리는 나 자신을 바라보니,

조금은 허탈한 웃음이 나올 뿐이다.

훌륭한 사람이 반드시 좋은 사람은 아니며,

좋은 사람이 반드시 훌륭해질 필요는 없다.

나는 훌륭한 사람이 아니라 좋은 사람이고 싶다.

제발

지금 내 마음이 거친 황야에서 모래바람 맞고 서 있다고.
그러니까 누가 좀 제발
기댈 어깨를 내어 달라고.

다른 사람

자신이 만들어낸 환상 속에서 허우적대며 살아
곁에서 아무리 불빛을 비춰 봐도
눈귀 막아 거품 같은 그녀의 망상은 그저
그 자신을 어지럽게 할뿐
깜빡이는 불빛 따위 보이지 않는 것만 같아.
투명한 얼음 상자 속에 갇혀 허우적대는 그대 때문에
모진 밤 잠 못 이루는 내 영혼이 가슴이 아프다.

고작 나, 고장 나

●

'고작' 나.
나 스스로를 얕잡아 보던
무기력한 나로부터 벗어나서
본격적으로 한번
'고장' 나버려 보자고.

삐딱해져 보려 한다,
이제부터라도.

혼잣말

•

자기 확신

당당한 열정

끈기와 자부심

나는 보이는 것과 보이지 않는 것 모두가

_____이라서

아름다운 사람이고 싶다.

* ____ 에 그대의 이름을 적어 보세요.
그대도 나와 같은 마음이지 않나요?

어릴 적 읽은 동화책 속

해피엔딩만은 같지 않았던 사랑.

사랑한 기억, 사랑받은 흔적, 사랑하는 지금 그리고

사랑을 멈춰야만 했던 순간들에 대한

조그마한 메모들.

이별에 한숨짓고, 사랑 한 줌에 세상을

다 가진 것 같았던

그런 조각들에 관한 이야기.

part 2

이별 한숨,
사랑 한 줌,

짝사랑

참 어리석은 기분입니다. 보물이 없는 보물섬에 도착한 기분입니다. 그래도 아직은 보물섬에 보물이 없다는 걸 알고 싶지가 않습니다. 이미 아는 데도 알고 싶지가 않습니다. 내가 아는 게 맞는지 그른지도 실은 모르겠습니다. 그러나 아이러니하고 막막하지만 내 마음은 정해져 있습니다. 나는 그 길을 가야겠죠. 정답은 어디에 있나요?

그래도 이런 보물섬에 잠시나마 있을 수 있어서 행복하다고 생각합니다. 그뿐입니다. 지금은 참 어리석은 기분이 들 뿐입니다.

소원

나를 향하는
그대의 마음이
아주 오랫동안
녹슬지 않았으면
좋겠어요.

안달

너는 나를
놓으려고 안달이고

나는 너를
놓지 못해 안달이다.

그만두려는 너와
그만둘 수 없는 나는

대체 언제쯤
안달나지 않은 채로
그만둘 수 있을까.

미련한 사람

가끔 있는 것 같다,
사랑에 미련해져 버리는 사람들,
멀쩡해 보이는데 바보같이
한 사람에게 깊이 빠져 허우적대는 사람들,
옆에서 바라보기에는
그저 안쓰럽고 바보 같다 싶다가도
나는 왜 저런 형태로 한 사람을 깊이 사랑할 수가 없었을까
하고
묘하게 자격지심 같은 마음이 들게 하는 사람들.

한 사람이 한 사람을
깊이 사랑한다.
깊이 있게 마음에 담는다.
아파질 것을 두려워하지 않고
그저 그 한 사람만을 담는다.

한 번쯤은 정말 그저
사랑'만' 해본다면 어떨까.

그리고 그렇다고 한다면
그 사랑은 대체 나를
어디까지 이끌어 갈 수가 있게 되는 걸까.

그럼에도 불구하고
여전히 머리와 가슴 사이
어중간한 어느 곳에 위치해 있는 마음.

누구나 사랑을 하지만
누구나 사랑을 하는 것은 아니다.

편식

배는 고픈데
먹고 싶은 게 없다.

사랑은 하고 싶은데
사랑하고 싶은 사람이 없다.

평등

글쎄,

그가 나를 잊었다고 해서
나도 그를 잊어줘야 하는 거라면
애초부터 우리는
똑같은 크기로만 서로를
사랑할 수도 있었을 거고
만약에 그랬다고 한다면
우리가 지금 이렇게
서로 다른 크기로 아파할 필요도 없었을 텐데.

그가 나를 잊은 건 잘 알겠지만 그래도
나는 그를 아직은
붙잡아 두고 싶다.

척

눈물진 얼굴로
환하게 웃은 나

깔끔한 척
쿨한 척
얼굴 마주해도
아무렇지 않은 척

눈물진 마음으로
환하게 웃으며
너를 대하는 나는 아직도 이렇게

하고 있다,
이미 익숙해진
괜찮은 척.

치사하게

파도처럼 밀려오더니
거품처럼 빠져나가 버린
너.

이별

미안하지 않다.
고맙지도 않다.
아무렇지 않은 건 아니지만
화가 나지도 않는다.
돌처럼 단단해진 가슴이
아프지 않고 싶어 안달이 났다.
그 모든 이유는 그저 끝나 버린 것에 대한
미련이고 변명일 뿐.
그냥 이렇게
너를 잊어가련다.

예감

기분 이상하다.

아마도 부정하겠지만 확실하게 조금 변한 것 같다.

뭔가 바라는 것은 아니지만 확실히 씁쓸하다.

가슴이 쓰다.

달콤했던 추억이 쌉싸름하게 다가온다.

그렇다, 지금은 조금.

이제 와서

●

거지 같은 기분
바닥없는 우물에 가라앉아 가는 기분
내 눈과 귀와 입과 코가 아무것도 못하잖아.
정말 아무것도.
온몸이 욱신거리고 가슴이 눅진눅진 질퍽하다.

지금 나는
우박같은 장맛비를 맞으며 질퍽한 거리를
맨발로 디디어 선 채로 있어
한 치 앞도 보이질 않아.
심장에 물을 잔뜩 먹은 한지가 붙어 있는 것마냥 답답해.
이제 와서……

너조차

몰라주는데 뭐.
늘 그랬듯
아무도
내 마음 모를 거니까.

심장이 움푹 패인 것 같다.

온통

나의 세상이
너로 뒤덮이기 시작하면서
나는 내가 알던 내가 아니게 되었었다.
낯선 나를 만났고
그 내가 낯익어 가는 길에

혼자에서 함께가 되었고
내 안에 나보다 너를 더 깊이 담아갔다.

다시

함께에서 혼자가 되었고
이미 낯익은 나에서 예전의 그 나로 돌아가야 하는데,

여전히
내 안엔 나보다 너가 더 깊이 담겨 있고
지나온 길을 다시 되짚어 가기에는
그 길의 마디마디에 함께인 너가 묻어 있어서

나는 아직도

온통

너에게 뒤덮인 채로

살아가고 있다, 우리 둘만 아는 그

추억의 길에 갇혀서.

온통

너 안에서.

이별 후

처음은 다르게 시작했으면서
끝은 똑같이 맺어야 하는 아이러니

열심히 살 거다.
그렇지 않으면
헐거워진 마음을 다잡을 수가 없다.

첫 데이트

오늘 기분을 뭐라고 표현해야 할지.

암튼 굉장히 기분 좋았어.

하루가 무척 길었고, 반면에 무척 짧기도 했어.

너무나 신나고

구름 위를 방방 뛰는 듯한 기분도 느꼈던 것 같아.

매번 오늘 같을 순 없으니까 오늘 하루가 특별한 걸 거고,

어쨌거나 참 감사해.

저기 말야,

나는 참

작은 세상을 크게 보고 살았던 건지도 모르겠어.

풍선

너랑 있으면 나
꼭 알맞은 크기로 부풀어 있는
풍선 안에 들어가 있는 기분이었어.
연한 빛을 품은 풍선 속에
꼭 너랑만 나랑만.

손 붙잡고 사뿐히

그냥
그렇게 너 목소리만 들리고
그렇게 너 모습만 보이더라.

너도 그랬겠지, 분명.

헤어진 지금까지도

언젠가 "너가 힘들 때 내가 곁에 없을 수도 있으므로."라며 건네줬던 그의 책 선물에 다른 어떤 말들보다도, 책 그 자체보다도 겉장을 넘기면 보이던 첫 장에 쓰여 있던 저 말이 가장 깊이 마음에 새겨져 있다.

헤어진 지금까지도.

함께 걷던 길

.

너와 걷던 길을
터벅터벅
혼자서 걷는데

타박타박
비가 내리기 시작했어.

하는 수 없어서 그냥
조금씩 젖어가며 걷는데

너가 한 방울 두 방울씩 내려서
결국 눈물도 나와 버렸지 뭐야.

비가
내 젖은 눈을 씻어줬어.

그냥
나는 다시 이 길을

함께 걷고 싶어졌어.

함께 걷던 길

이 길의 끝에
너가 있기를 바라.

닿아

어디에서든
언제든

우리는 늘
닿아 있어.

그런 느낌이야. 나는 항상
너와 닿아 있어.

그러니까
외로워하지 마.

미로 속

갈피를 못 잡고 헤매이고 있다. 모든 것은 내 손 안에, 내 마음 속에 들어 있다는 걸 아는데도 나는 또 이렇게 헤매고 있다.

이정표 없는 길을 헤매고 있는 기분, 바람 빠진 타이어로 버스 정류장에 가만히 멈춰서 있는 기분, 영화가 상영되지 않는 영화관에 홀로 앉아 있는 기분, 사방이 거울로 뒤덮인 미로 속에 홀로 갇힌 기분, 조그만 바늘로 살짝만 콕 찔러도 완전히 터져 버릴 것만 같은, 자글자글하게 금이 간 댐의 벽이 된 기분.

가끔은 이 답 없는 연애가 힘들다.

최선

항상
오늘이 마지막인 것처럼
너에게 최선을 다할게.
내일도 우린 함께하겠지만
내일이 다시 오지 않을 것처럼
후회 없이 오늘 너를 사랑할게.

달콤했던 그의 말처럼
그가
내게 최선을 다했기 때문일까.

돌아선 그 순간부터 그는
티끌 한 점 없이 하얗게 낯설어진다.

그는 정말 내게
최선을 다해줬을까.
아니 그전에

나는 그에게
최선을 다했던가.

아무리 그랬대도 어쩜
이렇게까지, 이토록 너가
한순간에 희미해질 수 있을까.

꿈

진심으로
미련 그런 거
전혀 남지 않은 너인데

갑자기
어젯밤 꿈에
너가 나오는 바람에

느닷없이
너의 오늘이
궁금해져 버리고야 만.

미련

가끔은
멈춰 버린 시간 속에서 산다.

이렇게
일그러져 있다. 유독 너에게만은.

다 그런 거야

사랑하면
다 그런 거야.
조금만 지나봐라.

이별하면
다 그런 거야.
조금만 지나봐라.

그러니까
다들 그런 거야.
조금만 지나봐라.

다 그런
다들 그런
그렇고 그런

사랑이고
이별이겠죠. 그래요. 맞아요.

그렇지만 그렇대도 나는

지금 사랑해서 기쁘고
지금 이별해서 아파요.

지금의 나는
조금만 지나고 나서의 그때를
바라볼 여유가 없는걸요.

이마저도,
다 그런 거야.
사랑에 빠지면 다 그래.
이별하면 다 그래.

그러니까
조금만 기다려봐.

왜

왜 나는
너가 곁에 있는데도
외로울까,
너로 인해.

이별 후에 함께 하는 법

나는 알지, 또 느끼지.

우리들은
여전히,
그날 그 시간들 주변을
어슬렁거리고 있다는 걸.
그마저도 함께.
느릿느릿한 채로.

추억은
그렇게,
각자에게 알맞은 시간에
'함께' 나누는 것일 테니까.

냉장고

나를 향하는 너의 마음이
상하지 않고 늘
싱그러울 수 있도록 그렇게
꽁꽁꽁 담아 보관하고 싶다.

나만 열어 꺼내볼 수 있는
냉장고 속에.

나만
나만

소중한 내 이 사랑을
꼭꼭꼭 담아서

늘 싱그러울 수 있게
냉장고 안에.

나만
나만

너만.

어른

그랬던 우리가
어른이 되기 시작하면서
그래지지 못하게 되었었다.
서로에게 더이상.

나는
너를 만나
어른이 되었는데

너는
어른이 되기 위해
나를 떠났다.

변덕

어떤 때는 너가
세상에서 제일제일 좋은데

어떤 때는 너가
세상에서 제일제일 싫어.

헤어지니까

마음을 독하게 먹지 않으면
물 먹은 스펀지를 누르듯
참아왔던 눈물이 터져 버릴 것만 같아.

잔상

나는 왜 아직 그대의 그림자에서 벗어나지 못하는지, 몹쓸 습관이다.

고요히 어둠 속에 잠든 슬픔을 억지로 끌어내오는 이 무지함 이란 사실은 억지로 쥐어짜지 않으면 기억나지 않을 정도로 그렇게까지 지워내 버렸으면서도. 사실은 쓸모없어진 지 오 래되었는데 닳고 닳은 기억이 흐트러진 가슴을 사포처럼 문 지르니 아프다기보다는 이런 내가 너무 바보스럽다.

눈물

아주 신나게 울고 나면
지독하게 퉁퉁 부어오를 눈이
내 눈을 덮어 내 슬픔도 함께 덮어줄 것만 같다.

나침반

이미 고장 난 나침반을 가지고
서투른 걸음을 걸어가고 있는 듯한,
너란 사람을 향한
묘한 나의 마음.

우리 사이

진심으로
행복하기를 바랐어.

행복해 보여서 좋다.
언제나 응원할게.
고마웠어.

어느새 서로의 행복을 빌어주는 사이가 되어 버린 우리지만,
너도 나와 같은 마음이라는 게 조금은
위안이 되네.

고마워.

다시

힘들어져 버렸다. 맨발 끝으로 서서 그네를 타는 듯 위태롭고 어질어질하다. 불씨 없는 장작더미를 꼬챙이로 헤집어 놓은 듯 잿더미가 되어 가라앉아 버린 심장이 멍하니 한숨을 토해낸다.

이런 감정이란 참으로 흡입력이 강한 것이라서 가래침을 뱉어내듯 조금이라도 이렇게 끄적여놓지 않으면 이미 꺼져 버린 불씨가 기약 없는 희망을 품게 되어 버리기 때문에……. 나는 철저히 혼자가 되었다.

마음 정리

하나하나
너를 잊어간다.

하나두울
나를 지워간다.

솜사탕

솜사탕같이 사뿐히
젤리같이 탱글탱글하게
그렇게 나의
하루하루가 지나가고 있어.

지금까지 느껴본 적 없는
이런 오묘한
기운에 사로잡혀서 말이지.

그대 덕분에 나

꿈속을 거닐듯 살아,
지금.

알고 있었으면서도

오늘따라 자리가 안 나서
지하철에서 내내 서서 왔어.
이어폰이 마침 고장이 나서
하는 수 없이 한쪽으로만 들었지,
어찌나 지지직거리던지.

까짓 거 집에 오는 동안만 안 들으면 되는 건데도
포기가 안 돼. 이것저것
아무 버튼이나 막 눌러보고, 흔들어도 봤었어.
혼자서 온갖 짜증은 다 내가면서 말야. 씩씩대면서.
왠지 하다 보면 될 것만 같은 거지, 애쓰다 보면.

그 사람 생각이 나더라.
그 사람에게도 나, 그랬었거든.

그 사람을 잠깐만 멈추면 된다는 걸
머리로는 너무 잘 알았지만 무지하게 애썼었거든.
물론 결과는 비참했지만.

사랑은 타이밍

어쩌면 너랑 나는
어쩌면 그때 거기가 아니었다면

거리낌 없이
사랑할 수 있었을지 않을까.

어쩌면 너랑 나는
어쩌면 그때 그렇게도
타이밍이 맞지 않았을까.

경계

사랑은
'요이땅' 하고 시작해서
'끼이익' 하고 멈출 수 있는
그런 것이 아니라는 걸

너무 늦게 알아 버렸나.

양면

어쩌면 사랑은
그런 건지도 모르겠다, 풍선 같은 거.

커다랗게 부풀어져
서로밖에 모르면서
콩닥콩닥 포근포근,

하지만 끝나고 나면

부풀었던 만큼 쪼그라들어
쭈글쭈글
구겨지게 되는 거.

일기

나는
현실을 놓치고 싶지 않아서
일기를 쓰려 펜을 드는데

자꾸만자꾸만
놓치고만 싶은 너가 떠올라
채우고 싶지 않던 너와의 이야기로
일기가 채워져 버린다.

언제쯤 나는
너가 아닌 것들로
오늘의 일기를
채워갈 수 있을까.

반짝반짝

함께하면
순간을
반짝이게 하는
그런 사람,

너란 사람.

평강공주와 신데렐라

인생도, 사랑도
나이가 차오를수록 성향이 변하는 건지
들끓는 모험심과 기대로
평강공주와 같은 사랑을 하고 싶다던 어릴 적 나는 어느새
이왕이면 원래부터 신사인 남자를 만나서
그를 탈바꿈시키는 수고를 덜할 수 있는
안정적이고 편안한
신데렐라와 같은 사랑을 하는 편이 더
자연스럽지 않겠나 하는 생각도 해보게 되었다.

하지만 또 그런 생각의 끝에선
신데렐라는 왕자를 반하게 할 만큼의
역량이 있는 여자였지 않았겠나 하고,

결국
나는
평강공주이든 신데렐라이든
어느 쪽으로든

역량이 있는 여자여야 하지 않겠나 하게 되었고
문득

사랑에 있어서 난
어떤 여자이고 싶은 걸까
몹시 궁금해져 버렸다.

후회

다시 사랑한다면
사랑에 솔직한
표현에 단순한
그런 내가 될 수 있기를.

그랬다면
너는 나를
떠나지 않았을 테니까.

산들바람

산들바람이 산들산들
내 곁을 다정하게 스쳐가듯

너도 내 곁을 스쳐갔고
다정하게 산들거렸었어.

봄처럼 왔던 너는
그렇게 가끔
봄처럼 내게 머물다 가곤 해.

아직도.

꿈

너는 나의 꿈, 내가 꾸고 싶었던 꿈, 내가 꾸고 있는 꿈, 내가
앞으로도 이따금씩 꾸게 될 꿈······.
그렇게 너가 내 꿈이었음 싶어서 그냥 너는 내게 꿈이라고,
이기적이지만 나는 내 꿈속에다 너를 가둔다. 너의 허락을
구하지 않은 채로.
너를 꿈꾸는 시간만큼은 나는 자유롭다.
닿지 않은 '나'가 되어 가볍게 너를 안는다.

꿈속에서 너는 너가 알지 못하는 '나'를 만난다.
나는 네게 보여준 적 없는 '나'를 맘껏 뽐낸다.
그렇게 여전히 너는 어쩔 수 없이 또 내 꿈에 갇히고.
이렇게 여전히 나는 어쩔 수 없이 또 너를 꿈꾸며 잠이 든다.
그냥 꿈, 너는 내게.

유난히

시간이
우리의 시간이 끝난 후 남은
나만의 시간들이
유난히
더디게 간다.

시간이 느린
나의 오늘.

너의 오늘도
나의 오늘처럼
그래도 조금은
느리게 갔으면 좋겠다고

쓸데없는
심술이 나는 중.

그냥

너무 사랑해서
서운한가 봐.

철들기 없기

그냥
사랑만큼은
철없이 할래.

철없이
좋아죽을래.

철없이
어리숙해지고

철없이 그냥
너라서 사랑할래.

철저하게
사랑만큼은

철없이 할래.

인정

빠르게
인정했었어야 했다,

너는 결코 변하지 않는다는 걸.

변할 수 없는 너를
변할 수 있다 믿었던 나는

이제야 비로소
무던히 노력한 끝에

느리게
인정하게 되었다,

너는 결코 변하지 않는다는 걸.

화분

이미 마른 꽃이지만
아쉬워서
자꾸만 물을 준다.

내 안에 네가 이미 말라 버린 것을 알지만
아쉬워서
자꾸만 애써 되새긴다.

네 안에 내가 이미 말라 버린 것도 아는데
아쉬워서
자꾸만 우린
서로를 향하지 않은 채로
시선을 마주하고 있다.

아쉬워서
아쉬워서

화분 속
이미 마른 꽃처럼.

내 안의 너

네 안의 나
내 안의 너

분명하게
뭔가가 부러져 있는데
부러진 채로 있어도 괜찮겠다는 생각을
터무니없이 해보면서.

이대로도 좋다고.
이대로만이라도.

기적

내가 사랑하는 사람에게 사랑받는 것
내게 사랑주는 사람을 사랑하는 것

내 마음 끝과 그대의 마음 끝이 만나는
그곳에 서서 우리

사랑하고 사랑하고 또 사랑하면
참 좋겠다.

희한해

그때의 우리가 문득
마음에 차오를 때면

희한하게
잊었던 너가 다시
내 마음에 차올라.

너의 마음에 나도
그런 순간이 있을까.

참,
희한해.

너란 사람은
지금까지도 내게.

사랑, 첫

몰래몰래
내 뒤로 다가와
몰래몰래
내 머리 위에서부터
내려주던 꽃다발에

내 머리부터 발끝이
찌릿찌릿
찌릿찌릿

넌 알고 있니,
그때부터야.
내가 널 사랑하게 된 거.

지금도
사랑해, 그때의 너.

지금도
그리워, 그때의 나.

왠지

말도 안 되지만, 나
마음으로 말해도, 너
들어줄 것만 같아.

소곤소곤
소곤소곤
소곤소곤

오늘도 그래서, 나
마음으로, 너에게
속삭이고 있거든.

속닥속닥
속닥속닥
속닥속닥

내 안에 자꾸만
나 대신 너가

나 말고 너가

차곡차곡
차곡차곡
차곡차곡

차오르고 있어.

너가.
너가.

안 보이니, 내 맘

이렇게
내 맘에 너가 꽉 차서

너를 향한 내
눈빛에도 손짓에도

이렇게
넘쳐 흐르고 있는데

너는 대체 왜
모르는 거지, 내 맘

정말로
안 보이니, 내 맘

딱
너 빼고는

다 알겠다는데, 내 맘.
다 보인다던데, 내 맘.

거리감

우리,

멀어지는 걸까.
아님
원래의 거리로
돌아가고 있는 걸까.

새 계절

함께 있지 않으면 선명해지고
함께 있으면 아늑해진다.

부지런을 떨지 않아도
유난하게 솟아나는 네 덕분에

결국에 나는 또
다시 내게
새 계절이 왔음을
안다.

항상 그 자리에, 언제나 변치 않는 모습으로

혹은 함께 변해가며 그렇게

내 곁을 지켜주고 있는 사랑하는 가족들에 대한 이야기.

그럼에도 불구하고 아끼고, 그렇기에 너무나 소중한.

서른을 넘고 나서야,

한 아이의 엄마가 되고 나서야

끄적여보는, 늘 가슴속 깊이 자리하는

그들에 관한 타국에서 전하는 메모.

part 3

그럼에도 불구하고,

늘

가을

오늘 아침
눈을 떠 습관적으로 확인한 문자,

딸아,
감기 조심해라.
거긴 병원도 가기 힘든데…….

다정하지 않은 엄마의
다정함이 담긴 메시지에는

나는 정말
맥을 못 추겠다.

만두 빚기

만두를 빚어
고운 모습으로 사진을 찍어
엄마에게 보낸다.

엄마,
나 이제 제법 맛도 모양도 내.

그러네.

이런 것도 할 줄 알게 된 딸은 뿌듯하고
이런 것도 할 줄 알게 된 딸이 서글프고

헛헛한 엄마의 웃음소리.

마음 한편에서
정전기가 인다.
저밋저밋

뿌듯하고 서글픈

엄마와 나는 잠시

멈춰진 시간 속에 서버렸다,

저밋저밋하게.

꽃보다 울 엄마

꽃무늬 보니까
네 생각이 나더라구.
봄 오면
하늘하늘하게 입고 다녀.
봄 처녀마냥.

한국에서 온 옷,
아직 입어 보지도 않았는데 벌써
하늘하늘 마음이
살랑살랑 가슴이

봄 처녀처럼 그렇게
봄을 맞이한
그때처럼 그렇게

말랑말랑해진다.
꽃보다 고운
울 엄마 덕분에.

사진

오래된 사진첩을 뒤적이다
우연히 발견한 다섯 살 어릴 적 내 사진을 아빠에게 띄웠다.
딸아, 사진이 새롭네.

다섯 살 때 내 사진, 다섯 살 때 딸 사진.
아주 오랜만에
같은 사진을 마주하고 앉은 오늘의 아빠와 나.

이미 한참을 지나온 우리지만
오늘만큼은 그때 그 시절로 돌아간다.
딸 바보, 아빠 바보 하던 꼬꼬마 시절로 함께.

꽃단장

아무렇지 않다가
갑자기 찰나의 순간에
엄마 생각이
무심코 들이닥칠 때가 있다.

옷장에서.

엄마가 보내줬던 옷.
검정에 민무늬,
모던한 스타일 좋아하는 엄마가

꽃처럼 화사해지라고
엄마 취향에 맞지 않는,
보내줬던
꽃무늬 화사한 옷.

오늘 입는다.

입고

산책을 해야지.

엄마가 곁에 있다고 생각하면서.

참 이렇게 아무렇지 않은 날에

그리움이 쏟아져 내린다.

사진

◦

옷가지들만 살짝,
그러려던 것이 결국
옷장과 서랍 하나하나를 다
뒤엎어 버리는 지경으로 일이 커졌었다.

여기를 정리하면 또
저기가 말썽이고
저기를 정리하고 나니
또 다른 저기가 눈에 들어오고

집착처럼 정리를 하고 나니
겉보기에 티는 많이 안 나지만 그래도
묵은 때를 씻어낸 듯
말끔해진 기분.

도중
우연히 발견한
우리 가족 사진 몇 장

촘촘촘 띄엄띄엄

눈에 잘 띄는 탁자 위

유리 액자에다 붙여놓고 보니 새삼

참말로 소중하구나 싶어진

가족, 가족.

나의, 나만의

소중한 내 편들.

김치

*

내가
김치를 담글 때마다 네 욕을 해.

왜?

더럽게 멀리도 가서
김치를 해도 부쳐줄 수가 없잖아,
신경질나게.

<u>흐흐, 그르네.</u>
울 엄마 김치 맛있는데.

대화의 끝에
엄마도 나도
함께 웃어 버렸지만,

그 대화는 내 마음을 때렸었다.
내 마음뿐은 아녔겠지만…….
그리고 오늘,

배추 세 포기를 사다가
김치를 해보았다.
엄마에게 사진들을 보내가면서,
자랑 자랑을 해가면서.

내가 만들었어, 엄마.

어구, 잘했네.

고작 배추 세 포기로
헉헉대며 김치를 하곤
엄마 생각이 나서

울었다 웃었다
마음이 꼬물꼬물

또다시 엄마딸'만'이고픈
어리광이 부리고 싶어진다.

아빠

•

마치 부메랑 같은
아빠에 대한 마음.

아빠 바보, 아빠 껍딱지
꼬꼬마 시절을 지나

나눌 만한 감정이 많지 않아서
무심하게, 무덤하게
터덜터덜 툭툭
아빠에 대한 마음 터벅거리던
사춘기 소녀 시절을 지나

비로소
다 자란 어른아이가 된 지금,
이제 와서 부메랑처럼
어딘가로 날아갔다 휘감겨져 돌아온 내
아빠에 대한
첫사랑 같은 풋풋한 마음은 이제

아빠에게 그렇게 못해서 미안한
아쉬운 딸로 남고 말았다.

일요일 저녁만은 함께할 걸
일주일에 한 번은 함께 찜질방에 갈걸
함께 파전에 쐬주 한 잔 해 볼걸.

내 마음뿐 아니라 내 시간도 부메랑처럼 휘감아
다시 돌아오게 만들 수 있다면

조금 더 다정한
그런 딸이 되어드릴 수 있지 않을까 하는

한껏 애틋해진 마음에
그렇고 그런 숱한 나날들 중 하나일뿐인 오늘이
소리 없이 일렁이고 있다.

아빠 바보, 아빠 껌딱지로 돌아가서.

똥강아지

아주 오래전부터 늘 해오던 다짐,

나는 무조건
내 동생보다 잘살 거라고.

물질적인 풍요로움을 더 누리겠다는 각오가 아닌
내가 동생이 늘 기댈 수 있는 자리에 있어야지 하는 각오.

동생이 지치고 힘들어 의지할 곳이 필요할 때가
살다 보면 분명히 있을 텐데
그럴 때마다
이 언니가 더 위태로워 보여서
기대기를 주저하게 되어 버리면 안 되니까.

나는
내 동생이
언제나 마음 놓고 기대어 쉴 수 있는 존재로
늘 있어주고 싶다.

울 언니는 잘하니까
울 언니는 잘사니까

내가 조금 털어놓아 버려도
언니는 괜찮을 거야라고.

나는 내 동생이
언제나 마음 놓고 기대어 주기를 바란다.
편안하게, 내게.

존경하는 사람이라고 하던데요,
언니를.

나를
자신의 사람들에게
소중하게 소개해주는 고마운 내 동생.

영원한 나의
첫 번째 똥강아지.

잠이 든 아가 옆에서

여기 지금 내가 있다.
한자리수 나잇대의 내가
너무나 까마득한 옛날이 되어 버린
지금의 내가 있다.

다섯 살의 나,
여섯 살의 나,
미운 일곱 살이었을 나,
처음 초등학교에 입학했을 때의 나,
동생을 만나기 전의 나,

이 수많은 어린 '나'가
오늘밤 다 커버린 '나'를 찾아와서
자꾸만 마음을 두드리고 있다.

잊지 말아달라고, '나'들을.

고개를 돌려 바로 곁에 잠이 든

내 아가의 얼굴을 내려다본다.

어린 나에게
엄마 아빠가
얼마나 큰 세상이었었는지를
다시 한 번 떠올리며.

이 작은 아이에게
내가
아름다운 세상이 되어 주어야지, 하고
새삼스런 다짐을 한다.

낯익은 이 밤에
낯선 회상을 하며
설익은 다짐을 하고 있다.

오랜만에.

작은 거인

우는 내 얼굴을 보던 아이

마미, 노 크라이.
스마일. 해피해피.

만지작만지작
내 얼굴에 흐르던
눈물을 닦아준다,
씨익 웃으면서.

이 녀석
이렇게 컸었나.

작은 거인이 산다.

내 마음과 곁을
포근히 지켜주는
아주 큰

거인이 산다.

엄마가 된 이후로

작지만 아주 큰 거인과
내가 산다.

쭉 –

아빠의 문자

얼마 전 생일에
아빠에게서 온 문자,
네가 태어난 게 엊그제 같은데.

내 나이가 몇 갠데
아직도 엊그제 같아요?

결혼식날
아빠와 함께 입장하는데,
딸아,
아빠 너무 떨려서
소주 반병 원샷하고 왔어.

아빠, 괜찮아.
앞만 보고 걸어.

속닥속닥 큭큭

웨딩 중
부모님께 인사하던 시간에
날 포옥 안아주며 해주셨던 말,
잘살어.

아빠 딸래미일 수 있어서
그저 행복하고 좋다고

새삼

바가지

저거저거
안에서 새는 바가지
밖에서도 샌다는데
밖에 나가서
잘하나 몰라, 미련 곰퉁이라.

엄마,
엄마의 미련 곰퉁이는
잘하고 있어. 그러니까 엄마는
아무 걱정하지 말고
제발 오늘도
바가지 박박 긁어줘요.

웃으며 안겨 버릴 거니까
엄마의 잔소리에.

팔불출

훌륭해, 내 딸. 자랑스러워, 내 딸.
딸 바보 아빠의 요란하지 않은 응원이 내
삶의 가장 큰 동기부여였음을 이제야 서서히 깨닫고 있다.
나를 한없이 믿어주는 누군가가 있다는 건 말할 수 없는
감동이다.

팔불출 우리 아빠.
사랑하는 나의 훌륭하고 자랑스러운 아빠.

아빠가 미안해

●

아빠는
술 한잔 걸치신 날이면 어김없이
내 방으로 예고도 없이 들어와
괜히 한 번 내 머리를 쓰다듬으시며
꼭 이렇게 말씀하시곤 했었다.

아빠가 미안해.

아빠의 홍건한 술 냄새와
잔털처럼 달라 붙어온 아빠의 일 냄새가 싫어서
눈살을 찌푸리곤 했던 나.

아빠의 그 미안하다는 말이
정말이지
참 싫었던 나.

주고 주고 또 주어도
부족해서 미안한 그 마음

이제야 비로소 나도
조금은 알 것 같아서

미안하다던 아빠의
술기운을 빌어야만 뱉어낼 수 있었던
아빠의 그
미안하다던 한마디 말이

그때와는 또 다른 의미로
정말이지
정말이지

참 싫다. 나.

오만과 편견

●

살림이 별건가, 하던 오만.
살림이 일인가, 하던 몹쓸 편견.

내가 해보기 전에는 몰랐던
엄마의 큰 자리, 안주인의 역할.

엄마도 때론 지금의 나처럼
이런 마음이었을까.

행복하지만
충실하지만
괜히 어딘가
어정쩡한 기분이 들어 버리고 마는 그런.

꽃 참 좋아하는 울 엄마랑
예쁜 꽃 한 송이를 사이에 두고
얼큰한 라면 하나 끓여다가
얼굴을 마주하고

후루룩후루룩

나누어 먹고 싶어지는

그런 밤.

화들짝

●

화들짝. 나마저도 놀라서 깨게 한 제법 요란한 천둥소리, 빗소리. 창밖 어두운 밤빛 틈새가 반짝거리며 비가 쏟아져 내린다. 몇 번을 그리 반짝이길래 살금살금 바로 옆 아가방으로 걸어가 들여다보니, 일어나 앉아 창가를 보고 있는 아이. 이름을 부르자 두 팔을 활짝. 품에 안고 데려와 함께 눕는다.

내 팔을 제 팔로 휘감아 꼭꼭 쥐고 제 귀를 꽁꽁 감싸며 식은땀을 흘리는 아이. 그러고 보니 아까 낮에 무지개를 그리며 놀았었는데.

밝은 내일에는 젖은 무지개를 볼 수 있으려나. 요란하던 빗소리, 천둥소리는 잦아들고 온몸에 힘이 풀리더니 스르르 잠이 들어 버린 아이를 제자리에 눕혀 토닥이고 나니 유독 더 고요해진 밤만이 나와 함께 남았다. 새벽 두 시 반.

아가의 낮잠

잘 때가 제일 좋아
가 아니라
자는 얼굴이 너무 좋아.

구김살 없는
때 묻지 않은
쌔근쌔근
온화한 얼굴이 참 좋다.

가끔 그래서
한없이 그저
바라본다.

잠든 내 아이의
고운 그 얼굴.

어른아이

•

엄마와의 통화,

딸은 미국에서
엄마는 한국에서.

딸은 저녁에
엄마는 아침에.

오늘 저녁 메뉴에 대해
오늘 날씨에 대해
오늘 뉴스에 대해
이야기를 나눈다.

거의 매일
똑같은 주제로
어제도 오늘도 내일도
똑같은 주제로
거의 매일

한 아이의 엄마가 되었어도
나는 여전히
엄마를 늘 필요로 하는
엄마 품 늘 그리워하는

어른아이.

마음이 다치면

•

프리스쿨에서 돌아온 아이

집에 오자마자
유독 꼭 안겨서는
애기 흉내를 낸다.

졸려서 그런가 하며
자장자장 하다 물어 보니
오늘 학교에서
누가 자길 슬프게 했다고.

아직

유창하게
자기 마음을 표현할 수 있는
그런 나이가 아니라서
그랬냐며 토닥토닥 해주는데

문득

아이가
마음이 다쳐서 오면
내가 어떤 걸 해줄 수 있는 걸까, 하는
답 없는 의문이 들어 버리는 중

몸에 난 상처는
아무는 게 내 눈으로 보이지만
마음에 난 상처는
내 눈으로 보이지가 않으니까

아무는지 그대로 있는지
알 턱이 없지 않나.

건강이 최고야

아빠,
건강이 최고야.

엄마,
건강이 최고야.

건강하세요.
건강해야지.

갈수록 간절해져서
싫은 말.

내 아이에게

Up, Up & away!

Dream Big, Little Man!

올라, 날아올라
높이 큰 꿈을 꾸렴.
나의 작은 아이야.

사나운 엄마

●

사나운 엄마 만나서는······.
착해 빠져서는······.

취기가 오른 엄마가
내 머리를 쓰다듬으며 하셨던 말.

사나운 엄마.
사나운 엄마.

엄마 제발
사나운 채로 있어 달라고.

시간이 흐를수록
사납지 않아지는 엄마가
한없이 서글퍼지는

누런 오후에.

삼촌과의 통화

•

"내가 그 녀석에게 해준 게 없어."
아빠의 오랜 친구이자 엄마의 큰 오빠이신 사랑하는 삼촌이
아빠에게 "딸래미 있는 미국 한번 놀러와야지."라고 하자 아
빠가 이렇게 말씀하셨다고 했다.
고개를 살짝 내리시면서.
마음이 무척 아팠다.

아빠, 아빠가 내게 준 세상은 무척 아름답고 포근해.
나는 아빠한테 받은 것들만 생각나는데 아빤 왜 주지 못한 것
들만 생각하는 거예요.

아빠가 줄 수 있는 모든 것을 주셨음을 안다.
사랑이 줄 수 있는 풍요라면 세상에서 가장 부유하게, 풍요
롭게 살아왔음을 안다.

사랑 받으면서, 사랑 받으면서.

삼촌과의 통화를 마치고 나는 마음이 무척 아팠다.

사회초년생

동생아,
나는 늘 널 응원하고 있어.
앞으로도 너는
잘 해나갈 거고.

그러니 제발 마음껏
저. 질. 러. 봐.

어느덧
사회초년생이 되어 버린
꼬맹아.

등교시간

등교시간,
아빠는 지하철역으로
나는 시내버스 정거장으로

집에서부터
각자의 길로 갈라지기까지의 딱
삼 분여의 시간

아빠랑 나랑
팔짱끼고 꼬옥
알콩달콩 때론
투닥투닥
그러나 늘
팔짱끼고 꼬옥

고등학교 삼 년 내내의 그 시간,
하염없이 애틋하고 정겨운
나의 등교시간.

늙음이 슬픈

우연히
티비를 보는데
한 연예인이 이런 말을 한다.

어휴, 내 딸들도 많이 늙었어.
애들이 곱디고왔는데.
서글퍼, 애들 늙는 거 보는 게.

그렇구나,
자식만 나만
늙음이 슬픈 게 아니구나.
나만 우리만
부모의 늙음을 슬퍼하는 줄 알았는데.

품안의 작은 아가가
어느새 세월의 주름을 입어갈 때
그것을 바라보는
엄마의 마음이 그럴 줄은

미처 생각하지 못했었다.

새삼

나는 우리들은
여전히 아직도
부모의 마음을 헤아리기엔
철없이 턱없이
모자란 게 아닌가 하고.

그리고 보니
정말

아직 한참
멀었다,
엄마 마음 따라잡기.

Lovehate

이상하게
같이 있음
좋아 죽겠으면서도

이상하게
왜 자꾸
틱틱대는 거람, 서로.

확실히
엄마랑 나는

Lovehate relationship.

꿀밤

엄마 아빠가
내게 주시는 것이 당연한 게 아닌데

엄마 아빠가
내게 주지 못한 것을 아쉬워할 게 아닌데

철없던 시절
하루와 하루들 사이 사이에서 가끔씩은
엄마 아빠가
그래주지 않은 것을 못내 아쉬워했던
그 나에게 가끔은 꿍
꿀밤 한 대 해주고 싶다.

아빠의 소원

주말 저녁은 가족과 함께 하기
넷이서 다같이 찜질방 가기

아빠, 술 한잔 사줘요. 그러면
옛다 하는 느낌으로
빈대떡에 소주 한잔을 딸과 함께 기울여야지.

비로소 알게 된 아빠의 소원은
정말이지
소박해도
너무 소박하기만 한데.

이게 뭐라고
그렇게
비싼 척을 했을까, 나는.

내리사랑

사랑해요
사랑해
사랑하지, 물론

그동안
참 여러 번
사랑한단 말을 해왔었는데

내 아이를
만나고 나니

오와,
세상에
이런 사랑도 있었구나.

실수투성이

●

한 번도
엄마였던 적이 없어서

서툰 나는 오늘도
실수투성이

내 주위를 맴맴 맴도는
내 껍딱지 아가 주위를
나도 따라 맴맴맴

누가 누굴
돌보는 건지.

서툰 나는 오늘도
실수투성이

아뿔사, 아참, 이런.

허술하기가
이루 말할 수가 없는데
그럼에도 불구하고
이런 나만을
투명하게 바라보는
내 아가 덕분에

조금씩 나도
이제는 제법
엄마스러워지고 있다고.

기울어진 나날들

삐딱하게
기울어진 나날들을 살았던
그때의 우리 가족.

삐딱하게
몰아부치는 바람을 마주하고 서기도 힘들었던
그때의 우리 모습.

그, 그, 그
부서질 듯 아팠던
그때의 우리들이

그랬음에도 불구하고
아름다웠다고 기억되고 있는 건 아무래도

기울어져 있음에도
기울어진 줄을 몰랐던
서로가 서로의 안에 있었기 때문이 아닐까.

삐딱하게
삐딱하게

서로가 서로에게 기울어져 있었던
그 때문이 아닐까,

우리의
기울어진 나날들이 아름다운 이유는.

애정표현

　　•

　　수시로
　　수시로

　　사랑한다고
　　고맙다고
　　믿는다고
　　아낀다고

　　틈나는 대로
　　계속

　　수시로
　　수시로

　　애정표현

　　오늘도.

어른과 아이

나는
나이를 먹으면서 점점
어른이 되어 가는데

부모님은
나이를 드시면서 점점
아이가 되어 가시는 게

너무나
가끔 정말
너무나

아프다.

손가락

엄마의
열 손가락 중 하나라서
기쁘고

엄마의
아픈 손가락 중 하나라서
행복해.

아가야

내가
세상에 태어나서
정말 잘한 일

널
만난 일

아가야,
고마워
내게 와줘서.

사랑니

사랑니 네 개를
수면마취로 통째로 뽑는 수술을 받기로 한 전날

아빠로부터
엄마로부터
나를 토닥이는 응원의 메시지들을 받았다.

조금
긴장하고 있었는데 그만
부모님의 메시지에 온몸이 녹아내리는 듯한 기분.

나 괜찮다고
걱정하지 마시라고
씩씩하게 안심을 시켜드리면서도 괜히
싱글벙글 신이 나버리고 말았었다.

사랑받는다는 게
이렇게도 좋다.

엄마 얼굴

엄마가 보내주신 사진.
나 어릴 적부터 가까웠던
친구 분들과 함께 점심 드신다며

사진 속 엄마는
환하게 웃고 계신다.

정말이지
엄마의 웃는 얼굴이
나는 너무너무너무 좋다.

나의 일상이 반짝여 보일 때,

나의 일상이 시시해져

그저 잠시 고개를 돌려 버리고만 싶을 때

그 모든 순간들에 그렇게,

소소한 나의 나날들에

살포시 담아본 마음의 소곤거림.

낮, 하늘

올려다본 푸른빛 하늘에
조그만 달이 선명하게 떠 있었다.

하늘에 누울래,
오늘은.

낡아도

툭!
몇 년을 아껴가며 신던 조리가 오늘 끊어졌다.
낡아도 좋은 것들이 있는데.
지하상가에서 우연히 보고 샀던 만 원짜리.
미국 오기 전부터 신나게 신었던 내 슬리퍼.

새 풍선 사자마자 놓쳐 버린 듯 그렇게,
아니 그보다 더
아쉽다.

여행의 시작

여행이 다가오는 것을 실감할 때,
잊은 것은 없는지
곰곰이 생각해 보고 또 해보면서
차곡차곡 겹겹이 하나두울
내 것들을 챙길 때
반겨줄 이들의 얼굴을 떠올릴 때

그때부터가 시작이지,
여행의 시작!

세상

정말 '딱'

아는 만큼 보이는 게 세상이더라.

이정표

때때로
어른이 되어도
완벽할 수 없는 우리들은
필요로 한다,
방향을 제시해 줄 수 있는
이정표, 화살표
그런 거.

포춘 쿠키를 열어보기 전

오늘이라는 나의 인생길에서
나를 기다리고 있는 행운은 무엇일지.

나와, 그대의 오늘에
행운이 가득하기를.

이사

익숙해지니까 또다시
새로운 곳으로.

추억은 상자 안에 담으면서,
흔적은 살콤살콤 지워가면서
짐들을 정리한다.

모퉁이

모퉁이를 돌자
키 큰 해바라기들이
환하게 웃으며 맞이해 준다.

예상치 못한 환영에
포근해진 기분

삶의 모든 모퉁이들에
예상치 못한 즐거움이
기다려주고 있다면
참 얼마나 좋을까.

아침 시간

그냥,
좋아하는 노래 잔잔하게 틀어놓고
와 닿는 가사 머릿속에 곱씹어 보며
아주, 아주아주 천천히
커피 한 모금, 마들렌 한 입

내 멋대로 시간을 늘였다 줄였다 하는 느낌

맛있는 시간, 오늘 아침.

아이스크림

예쁘고 싶다,
구석구석

달달하면 좋다,
여기저기

어른

'나는 아직 어른이 되려면 멀었다.'

나는 아직 멀었다는 걸 인정하기 시작하는 그때부터가
어쩌면······.

유통기한

'To a beautiful person inside & out'

따뜻한 말 한 마디에는
유통기한이 없는 것 같다.

반짝

가끔
외로워질 것을 염려하며
외로워한다.

첫눈

사뿐 사뿐히
다소곳하게

세상이 특별해진다.

살다 보면

특별하지 않은 날이
특별히
시릴 때도 있다.

여유

아련한 편안함 같은 거,
그런 거.

지금 내게 필요한
아련한 여유.

포장

사부작사부작
선물을 포장하며

부산한 내 마음도
단정하게
포장해 주기.

핫초코

상처야 아물어라
새살아 돋아나줘

차분히
달달하게,

겨울스러워라.

잊지 마

Be grateful.

You are so loved.

어느새

Time flies.

부서지는 시간을
잡고 싶어지는 순간, 그마저도
Flies.

친구

너 하나 나 하나
너 한 마디 나 한 마디

다정한 벗과의
수다 한 모금이 그리운.

늦잠

평소보다 늦은 시간에 일어난 나.
고요한 일상
일렁이는 느낌
묘하게 즐겁다고 해야 하나.

참
그러고 보면
일탈이 별건가,

안 하던 걸 하는 날,
그날이 곧
일탈.

글

중독이다,
쓰다 보면 계속 쓰고 싶고
읽다 보면 계속 읽고 싶은
시들지 않는 영혼이고 싶어지는.

메모

놓치고 있는 무언가가 있는 것은 아닌지.
내가 있는 자리에서 나는 최선을 다하고 있는지.

오늘은
정확한 간격으로
파랗게 가로줄이 차곡차곡 나있는 노트패드 위에다

나의 지금들을 돌아보며
나만의 목록을 작성해 보아야겠다.

놓치고 있는 것들에 대해
놓치지 말아야 할 것들에 대해.

가끔은

그럴 때가 있다.
생각이
잔털처럼
온몸에 덕지덕지
떼어내려 아무리 애써도
떨어지지 않는 그럴 때.

푸석푸석

마음이 푸석푸석한 날,
치즈케이크 한 조각 사들고
가끔은 이렇게
사치 아닌 사치
허영 아닌 허영
필요한 날들도 있는 거라고.

푸석푸석한 마음을 달래주는
포근포근한 치즈케이크,
차곡차곡
내 안에 쌓이는 촉촉함

별거 아닌,
하루를 맛있게 보내는 마법 하나.

좋은 사람이 되는 연습

옅은
보라색 향기가 나는 사람이고 싶다.

진하진 않은데
그대가 모르는 사이
마음에 내려앉아 있는,
그런 향이 내게서 난다면 참 좋겠다.

좋은 사람이 되는 데에도
연습이 필요한 거겠지.

부족한 나를 종종, 자주 만나는 것은
어제 오늘 일이 아니다.

한 땀 한 땀

십자수를 하다 보면
한 땀 한 땀
차곡차곡 완성되어 가는 모습에 중독되어
시간가는 줄 모르고 몰두할 때가 있다.

내게 주어진 시간들도 이렇게
십자수 하듯 그렇게
촘촘하게 보내게 된다면 혹시
내 인생이 좀 더 반짝이게 되려나.
한 땀 한 땀
시간이란 수를 놓는다.

크리스마스 소원

그냥
한껏
게을러지고 싶어요.

이번
크리마스에는
산타가 내게

합리적 게으름을
양말에 담아준다면
얼마나 좋을까.

꽤 이른
크리스마스 소망을
빌어보는 중인…….

성장통

스무 살
그때 그 시절
썼던 글들 덕분에
손끝발끝이 오글거리기도 하고
얼굴이 화끈 달아오르기도 하고
이랬었나 저랬었나
지나온 나를 다시 살피기도 하고

그러면서 새삼
아팠겠구나, 청춘이.

그땐 몰랐는데

그때 썼던 글들에서
그땐 몰랐는데
나를 달래던 내가 보여서

토닥토닥,
지나온 길이 완벽하진 않았지만
그리려던 대로 그려지진 않았지만 그래도
잘해왔다고
토닥토닥

끝나지 않은 성장통을 겪고 있는
지금 나에게도
토닥토닥
새로운 오늘을 준비해보다
문득,

나는 아직도
여물어지지가 않았구나.

낙엽 길

별들이 쏟아져 내린 길을 걷는다.

Walking through the fallen stars.

둥지

어느 틈에 왔다간 걸까.
이제야 봤네.
그 여름 내내 쩍쩍였던 걸까?
왜 몰랐을까.

떠나고 나서야 발견한 둥지라니,
이마저도 참
가을스럽다.

Nostalgic

너랑 이야기하고 있으면 기분이 상당히
nostalgic해지는 거 알아?
그거 좋은 거야, 나쁜 거야?
Neither.

오랜 벗인 그의 말에 피식 웃음이 나왔었다.

무언가를 그리워한다는 건,
사소한 추억을 나누며
시시껄렁한 농담을 뱉어낼 벗이 있다는 건,
어쩌면 우리 인생에 감칠맛을 더하는
조미료 같은 것이지 않을까.

피식
웃고 말아 버린 그 순간도, 이 순간도, 저 순간도,
모조리 주워 담아 야무지게 채워놓고는
문득 생각날 때 꺼내어 열어보고 싶다.

내 머릿속에 그렇게 다 담아내고 싶은데
그럴 수 없다는 걸 너무 잘 아니까
나는 대신 이렇게 글자들로 조금씩
뚝 뚝 뚝 떨궈둘 뿐이다.

그 나중의 어느 '문득'에 꺼내어 볼 수 있게.

첫눈

아무도
걷지 않은 눈길을
걷는 것이 참 좋다.

뽀드득뽀드득

새로운 나를 만나는 눈들이 내어주는
상냥한 이 소리가
정말이지 너무나 좋다.

새하얀 눈길에
나의 발자국을 새기며 걷듯이,

아직은 밟아본 적 없는
내가 가고 있는 이 길 위에
나만의 단내 나는 발자국을 새겨갈 수 있기를.

계절 타기

가을엔 가을을
겨울엔 겨울을
여름엔 여름을
봄엔 봄을.

사계절을 타는 아이어른,
몹쓸 내 마음.

봄

봄이 예쁘게 묻어 있다.
앞 옆 뒤 옆.
모두모두 구석구석
알맞고도 철저하게
봄이 예쁘게 묻어 있다.

그리고 나는 가끔은 이렇게 또
순간을 산다.

꽃

하루하루
내가 가꾸어가는 삶이 그저
나만의 색을 품은
은은한 빛을 띤 꽃 같기를.

흔들의자

흔들 흔들 흔들
흔들의자와도 같다, 내일은.
확실하게 딱!
고자리에 꼼짝 말고 얌전하게 있어주면 좋은데
우리들은

흔들 흔들 흔들
끊임없이 그렇게
완벽하게 확인되지 않은 그 길로
뻗어 있는 시간을 걸어간다.
부지런히 흔들거리면서.
끊임없이 그렇게.

새삼스러운 나의 오늘
이 하루에 비스듬히 기댄 채로
불확실에 대한 확신을 한다.

아이러니하지만
나는 참 묘하게

오늘의 내가 그랬듯
내일의 내가 흔들려 버릴 수 있는 권리를
갑자기 되찾은 듯한 묘한 기분.

흔들 흔들 흔들
오늘도 내일도
끊임없이 그렇게.

나를 사랑해 주는 시간

나만의, 조용한
결코 쉽게 얻어지지 않는 그런
소곤거리는 시간.

참 좋은
피아노 뉴에이지 음악
잔잔하게 틀어놓고서

음악 따라 마음결 따라
좋아하는 글을 써내려간다.

발끝이 시려라,
폭신한 담요 온몸에 둘둘 말고는.

가끔은 이렇게
내가 나를 사랑해주는 시간도
필요하다고.

살금살금

분홍분홍한 봄이

그리워지려는 중.

생일날

손가락을 구부렸다 폈다 하며 세어보다
새삼 깨달은 것,

생일이란
지난 열두 달을 꽉 지내온 데에 대한 축하라는 거.

지난 일 년 간 잘해왔어, 토닥토닥
앞으로의 새 일 년 간 잘해보자, 으쓱으쓱

생일 후의 하루하루들이 채워져서 또
이다음의 생일에 진심으로 스스로를 축하해줄 수 있기를.

빈티지

이름난 숍들, 많이 들어본 이름들보다는
소소해도
그들만의 느낌을 간직한
그런 데가 더 좋더라.
더 끌리더라.

나는, 그렇더라.

다짐

조금 더
나를 찾아가는 여정을
게을리 하지 말아야겠다고.

선명하게 살 것인지
흐릿해질 것인지

다름을 인정하면서 강해지기.

나는 또
하얗게
새롭게
다짐해 본다.

다짐.
생각의 끝과 시작 –

졸업

앞으로 더 맘껏 저질러 갈
그대의 청춘을 응원합니다.
졸업 축하해요.

초록색 지붕집의 앤처럼

아주 가끔은 나는 삐걱거린다.

왜일까,
이유라고 특별히 들이댈 만한 것도 없는데도 가끔은 그냥
삐걱삐걱
삐딱삐딱
삐쭉삐쭉

가시가 온몸에 뻗어 있는 선인장처럼 그렇게,
그래질 때가 있다.
누구나 한 번쯤은 그런 거겠지라고
스스로를 합리화 혹은 위로해 보기도 하는 그런.

그렇게 들쭉날쭉한 날들이
아늑한 나의 하루와 하루들 사이에 사이 띄기 하듯
겅중겅중 놓여 있던 요즘.

그러나 그렇게 투덜거려 버리기에는
너무나 아쉬운 하루하루들,

맑은, 마음이 유연해지는 일상의 풍경들을
어김없이 보란 듯이 만나게 되고
나는 또다시 스르르 보드라워져 버리는 마음이 돼버린 걸까,

어쩌면 고새 조금 더 자라나고 있는 건지도 모르겠다.

초록색 지붕집의 앤이 그렇게
서서히 조금씩 여물어갔던 것처럼.
삐걱대지 말자고.

초록색 지붕집의 앤처럼 우리,
차라리 삶의 밝은 부분만을 보려 애써보는
그런 하루가 되어보지 않겠느냐고.
삐걱삐걱

오늘부터는 왠지 그만할 수 있을 것만 같은
기분이지 않느냐고 그렇게.
마음이 아늑하게 유연해지고 있다.

'너'답다는 말

아직도 꿈을 찾아 헤매고 있어, 나는.
이 나이가 먹도록 말이지.
그럼에도 불구하고
할 수 있을 것만 같거든.

주저리주저리
오랜만의 수다가 반가워 신이 나서 이야기하는 내게
다정한 벗이 했던 말.

너답다.

나다운 건 뭘까.

지금 그게 너다운 거야.
지치지도 않고 꿈을 이야기하는 거.
덕분에 나도 마치 '그럴 수 있을' 것만 같아지거든.

오늘 그

'너답다' 라는 말,

참 좋다.

무지개

날씨 탓인지
요즘의 내 마음은 무지갯빛이다.
빨주노초파남보.

런웨이를 걷는 모델들이
서둘러서
정신없이 옷을 갈아입고
옷매무새 몸 매무새를 챙기듯이 그렇게,
틈 없이 마음만 무지갯빛을 띠느라 진땀이다.

그래도
최고의 워킹을 하는 그 순간을 위해 거쳐 가는
찰나의 순간일 뿐이라서
지금 이런 마음들도 사실은 참 흥미롭다.

무지개를 좇아서.
무지개를 품고서.

이유

행복하지 않아야 하는 이유
성공할 수 없는 이유

그보다

행복해야 하는 이유
성공할 수밖에 없는 이유

어쩔 수 없이 때로는
슬퍼하고 좌절한다 하더라도

그저 그런 보통의 어느 날들에는 그래도
불행과 실패에 대한 숱한 이유들보다
행복에 대한 이유에 대해서
하루에 한 번쯤은
생각해 보면 어떨까 하는 마음.

리듬

기분이 좋은 날도 있고
기분이 안 좋은 날도 있고.
기쁜 날이 있는가 하면
슬퍼지는 날도 있는 거고.

째깍째깍
삶의 시계에는 분명
'리듬'이라는 것이 존재해서,
그 리듬에 따라
나는 울기도 하고 웃기도 하는.

그러나 그렇다고
내가 울고 있는 순간의 감정이 슬프다고
내가 행복하지 않은 것은 아닌데.

언제부터 나는
'행복'이라는 '단어'에 이리도
집착하게 된 건지.

내 삶의 시계 바늘은

지금까지 그래왔듯이

리듬에 맞춰 나를

울 수도 있고 웃을 수도 있게 이끌어 가 줄 것이고

그 중심에는 늘 '행복'이 존재하고 있을 거라고

새삼스럽지만 한 번 믿어보기로.

아기돼지 삼 형제

형들이
짚으로, 나무로 건성건성 집을 짓는 동안
묵묵히
굳건하고 튼튼한 벽돌집을 완성해 내었던
셋째 아기돼지.

처음부터 탄탄하고 완벽하게
하나하나 성실하게 쌓아 올라간 그의 집은
늑대가
아무리 부수려 해도 꼼짝 않는
훌륭한 집이 되었었다.

셋째 아기돼지는
그가 이루려고 하는 목표를 대할 때
티끌만큼의 요령도 허락하지 않았었던.

'이 정도면 괜찮지.'
'이쯤해도 좋은걸.'

융통성이라 쓰고

요령이라 읽는

이런 부산함은 이제

버려야만 하지 않을까.

알록달록

크레용을 정리하며
색색 쏙쏙
단조로워지지 말자고
무지개처럼
마음의 색들을 잃지 말자고
새삼스런
다짐을 한다.

동심

오늘 아침
치과 진료를
정말 잘 받은 꼬마는
참 잘했다며
파랑 풍선을 선물로 받아왔다.

파랑 풍선이
둥 둥 둥

문득
잘하면
칭찬 받고 상도 받는
그리고 정말 뿌듯하고 기뻐지는
뭐랄까

선악이, 명암이
분명하던
그 어린 그 시절이
참 좋았던 것 같다고.

장례식(이별)

여전히 묻어 있고
여전히 남아 있는

이렇게 또
우리의 삶이 이어진다.

가끔

내가
싫어하는
내 모습을
만나고 또

되뇐다.

앞으론 만나지 말았으면 좋겠다고.

오므렸다 폈다

오늘도 내 마음을
오므렸다 폈다.
오므렸다 폈다.

차분히 내가 내게 기대어
오므렸다 폈다.
오므렸다 폈다.

야밤

경계를 긋지 않은 채로

노곤

귓가에 흐르는 노랫소리를 따라

하늘거리다 스르르

잠들고 싶은 밤.

변신

머리색 하나 바꿨을 뿐인데
그저 살짝 다듬었을 뿐인데

변신.

새로워진 기분이 드는 건
왜일까.

시들지 않는 마음 Withering inside

그런 거라고 생각한다. 흐르는 거라고. 시간처럼 마음도 때로는 우리가 어찌해볼 도리 없이 흐르지만 그래서 또 다행스러운 거라고.

새삼스럽지만 새롭게 또다시 무언가를 깨달은 것만 같은 기분.

인생길을 걸어가면서 배우는 것은 비단 경험과 지식뿐만은 아닌 듯

나는 내게 주어진 하루하루들을 꼼꼼하게 지나오면서 내 마음도, 나 자신도 배워가는 것만 같다.

어쩌면 스스로를 잘 안다고 생각하는 것 자체가 오만인 건지도.

그 누구도 자기 자신을 객관적으로 바라보기는 힘들 테니까.

또다시 다짐

이제 그만
이제 정말
이제 다시
이제부터!

　　시간 위를 걸어가는 중이다. 스물의 나를 돌이켜보며, 그때의 글 조각들을 하나하나 살금살금 이어 보다 문득 지금의 '나' 안에 있는 수많은 지나온 '나'와 얼굴을 마주하게 되었고, 지극히 평범한 '나'란 사람이 지나오고 지나가고 있는 이 '문득'의 이야기들, 내 마음이 내게 전해주는 이야기들을 나와 마음이 닮은 누군가가 함께 공감해줄 수 있지 않을까 하고. 그렇다면 이 소소한 글들이 보듬어 주고픈 나와 비슷한 누군가에게 잔잔한 위로가 될 수 있지 않겠나 하고 조심스레 이 공간에 그 이야기들을 담아보았다.

　이 책으로 과연 조금은 더 따스해졌을지.

　과연 조금씩 더 사랑스러워졌을지.

　사춘기를 훨씬 지나온 나이이지만, 그럼에도 불구하고 마음에서 열이 날 때가 종종 있는데, 그것은 아마도 내가 아직 완전히 여물지 못한 어른이라서 그런 건지도 모르겠다. 아직도 끝이 나지 않은 성장통, 앞으로도 이어져 나갈 나날들.

여물지 않은 나를 그대로 온전히 마주해 보면서 그렇게 솔직해지고 대담해지기를 바란다. 앞으로 더 조금씩.

나와 같은 시간을 살아가고 있으며 이 책을 읽는 데에 그대의 시간을 이곳에 잠시 머물러준 것에 대해 감사하다는 인사를 꼭 전하며,

앞으로 그대의 시간도, 마음도
진심으로 응원한다고.
우리는 마음이 닮아 있으니까
아주 외로운 순간에도 아주 외로워하지는 말자고,

마음을 꾹꾹 여기 이곳에 꼭꼭 눌러 담아 본다.
그럼 내 마음이 전해지겠지.

You deserve to be LOVED.

사랑스럽게 그렇게
하루하루가 찬란하기를.
이미 사랑스러운
그대처럼.

그대의 아름다운 날들을 하나같이
응원합니다.

___ 저자 우나은 드림